lover girl

never falls

in love

-nils

This is a work of fiction. Unless otherwise
indicated, all the names, characters,
businesses, places, events and incidents in
this book are either the product of the
author's imagination, the character's
imagination or used in a fictitious manner.
Any resemblance to actual persons, living
or dead, or actual events is purely
coincidental. Or not?

*

Esta es una obra de ficción. A menos que se
indique lo contrario, todos los nombres,
personajes, negocios, lugares, sucesos e
incidentes de este libro son producto de la
imaginación del autor o del personaje, o se
utilizan de forma ficticia. Cualquier
parecido con personas reales, vivas o
muertas, o con hechos reales es pura
coincidencia. ¿O no?

to all the girls who have experienced the trials
of love and emerged with a redefined concept
of it, especially those who went through hell.

a todas las chicas que han experimentado los
desafíos del amor y han surgido con un
concepto redefinido de él, especialmente
aquellas que bajaron al infierno.

through the poems, the story unfolds

'love is not a magic trick'

book 1

magic trick #1

the magician
mixed-media poetry

curtains rise,
the theater lights up the night,
the magician tips his hat just right,
and instead of a white bunny's delight,
emerges a missing girl's bright.

author's note

1. the entire book is written in lowercase letters, to avoid confusion.

2. it's best to read it in the order of the table of contents, but you do you and let me know how you find it reading it your way:
   (instagram: @nilsayohanny)

3. each poem is in english and then in spanish, it may not capture the full nuance and meaning of the original english poems.

4. lover girl's thoughts are in *italics*.

notas de la autora

1. para evitar confusiones, todo el libro está escrito en minúsculas.

2. es mejor leerlo en el orden que lleva la tabla de contenidos, pero puedes leerlo en tu orden y déjame saber qué tal te resulta:
   (instagram: @nilsayohanny)

3. cada poema está en inglés y luego en español, pero puede que no capte todo el matiz y el significado de los poemas originales en inglés.

4. los pensamientos de lover girl estan escritos en *cursiva*.

magic trick #2

the girl of all girls
blackout poetry

lucky, lucky girl,

u love it & hate it

at the same time

who am i?

magic trick #3

the danger of starting a fire
mixed-media poetry

i love to be loved.

~ but i never fall in love

me encanta ser amada.

~ pero nunca me enamoro

zodiac match: red flags

i have this toxic trait where if you say hello
i will ask for your zodiac sign,
i will tell you
"download this app"
"add your time of birth"
wait, you don't know the time you were born?
don't worry, i'll call your mother.
this is the only way to see if we are a match.

you were only going to ask me the time?

look, it's 11:11

will you make a wish?
or do you have it all?

oh, you want my number?
how about sending each other smoke signals?

i don't take calls, another red flag,
but if you send me a text i'll answer right away
and by right away i mean 3 to 5 business days.

don't worry, i don't want anything serious
either
i swear if you tell me you're a gemini
you'll never see me again
not even on tik tok.

ah, you don't use tik tok. ok, we can make this
work.

calm down, it's not you; he's just insecure.

one look at me and i go back to the poem:

oh, you have to go now?

ok, dm me, my uber is on its way.

not that i mind, but i'd like to be your 11:11 wish.

red flags

tengo este rasgo tóxico: si me dices hola
te preguntaré tu signo zodiacal,
te diré "descarga esta app"
"añade tu hora de nacimiento"
¿no sabes a qué hora naciste?
no te preocupes, llamaré a tu mamá.
es la única manera de saber si somos
compatibles.

¿solo ibas a preguntarme la hora?

oh mira, son las 11:11.

¿pedirás un deseo?
¿o ya lo tienes todo?

¿quieres mi número?
¿qué tal si mejor nos enviamos señales de
humo?

no contesto llamadas, otra reg flag,
pero si me envías un mensaje, te responderé
enseguida. y por enseguida me refiero de 3 a 5
días hábiles.

no te preocupes, tampoco quiero nada serio
te juro que si me dices que eres géminis
no me volverás a ver
ni en tik tok.

ah, no tienes tik tok. ok, podemos hacer que
esto funcione.

cálmate, no eres tú, él es inseguro.

una mirada tuya y vuelvo al poema:

¿tienes que irte ahora?

ok, envíame un dm, mi uber está de camino.

no es que me importe, pero me gustaría ser tu deseo
de las 11:11.

i keep running into you

two feathers dancing together,
you go this way,
i go that other way.
i keep running into you,
in the supermarket snack section,
in my mornings, running by the lake
i keep running into you,
and i keep wondering,
when are you going to say hello?

y tropezar contigo

sigo tropezando contigo
dos plumas al unísono bailando
tú vas por aquí,
yo voy por allá.
sigo encontrándote,
en la sección de snacks del supermercado,
en mis mañanas, corriendo junto al lago,
sigo encontrándote,
y me pregunto,
¿cuándo dirás hello?

i am not falling in love

my hands don't tremble when i see you,
i don't feel butterflies in my stomach
i don't imagine scenarios where you talk to me,
where you notice me,
therefore, i exist.

no, this is not love
not the one in the movies.

no, when it's love
my hands will not only tremble
but draw a poem on your back.

when it's love
butterflies will feel what i feel
when it's love
you'll look at me
and stop the world from spinning
when it's love
you'll talk to me
you'll notice that i'm here
and i, i will exist.

enamorarme, yo?

mis manos no tiemblan al verte,
no siento mariposas en el estómago
no imagino escenarios donde me hables
donde te fijes en mí
y así, exista.

no, esto no es amor
no el de las películas.

no, cuando sea amor
mis manos no solo temblarán
sino que dibujarán un poema en tu espalda.

cuando sea amor
las mariposas sentirán lo mismo que yo
cuando sea amor
me mirarás
y el mundo dejará de girar
cuando sea amor
me hablarás
notarás que estoy aquí
y yo, yo existiré.

hello

by this moment, we all know i said hello first. my friends tell me to stop looking at him because it's so obvious; the worst thing is to admit that i can't last two days without eating chocolate. hi, would you like to go out sometime? it's just that we keep bumping into each other and i don't know, maybe this could be a good thing. i say hello, and you smile, i guess you just created a poem and a star, all at once, i feel like i am the lucky girl syndrome; what are the odds, right? i say hello, and for a moment, your eyes sparkle, your cheeks blush, i feel like my face is on fire and i can't say anything else. yeah, sure, i'd like to go out sometime, saturday at 7? you said.

hi, you don't know it yet but by that time i'm already in bed gulping my second bowl of chocolate ice cream, of course. but i say yes, because you smile while your cheeks stop me from saying anything else. i just say hello, and yes.

hello

en este momento, todos sabemos que yo te dije hola primero. mis amigos me dicen que deje de mirarte porque es muy obvio; lo peor es admitir que no puedo aguantar dos días sin comer chocolate. hola, ¿te gustaría salir algún día? es que nos seguimos encontrando y no sé, tal vez esto podría ser algo bueno. te saludo y sonríes, supongo que acabas de crear un poema y una estrella al mismo tiempo, siento que soy el lucky girl syndrome hecho persona; qué casualidad, ¿verdad? digo hola y por un momento tus ojos brillan, tus mejillas se sonrojan, siento mi cara arder y no puedo decir nada más. sí, claro, me gustaría salir algún día, ¿el sábado a las 7? me dices.

hola, aún no lo sabes pero a esa hora ya estoy en la cama engullendo mi segunda taza de helado de chocolate, obvio. pero te digo que sí, porque sonríes mientras tus mejillas me impiden decir nada más. sólo digo sí, y hello.

falling in love doesn't cut it

falling is an accident.
and i don't want that,
i want you to walk towards me
                    and choose me,
                    and love me,

on purpose.

caer rendido a mis pies no basta

"caer rendido a mis pies" es un accidente.
y no quiero eso,
quiero que me elijas
              y me ames,

a propósito.

tiny

i try to make the most of every moment,
but your absence makes every second a
torment.
saturday at 7? not happening.

instead

is only me, reading a book in the tiny café
we were supposed to meet
the waitress asks if i want something to eat,
if i'm waiting for someone
no, thank you, just coffee. end of story.

my friends say i'm lonely.
the truth is,
nobody has loved me for years.
no, thank you, just coffee. end of story.

diminuta

intento aprovechar cada momento,
pero tu ausencia hace de cada segundo un
tormento.
¿sábado a las 7? no.

en su lugar

sólo estoy yo, leyendo un libro en el pequeño
café donde habíamos quedado
la camarera me pregunta si quiero comer algo,
si estoy esperando a alguien
no, gracias, sólo café. fin del cuento.
mis amigos dicen que me siento sola.
la verdad,
nadie me ha amado en años.
no, gracias, solo café. fin del cuento.

i see you

my heart races
your eyes, deep honey
(*is that a color?*)
drown me in an ocean of impossible thoughts.
i get lost as you mumble words
"i'm truly sorry."
(*why is he apologizing for?*)
people who say "i'm 'truly' sorry"
sound like they are lying
you? you sound like kindness
caring
and the curve of your smile
lights up the room
i see you
tuck your hair behind your ear
and i get lost
and the only living thing i see

is you.

tú

te veo y mi corazón se acelera
tus ojos de tono miel oscura
(*¿eso es un color?*)
me ahogan en un océano
de pensamientos imposibles.
me pierdo mientras murmuras palabras
"lo siento de verdad"
(*¿por qué te disculpas?*)
la gente que dice "lo siento 'de verdad'"
suena como si mintiera
¿tú?, tú suenas a bondad
a cariño
y la curva de tu sonrisa
ilumina todo el lugar
te veo
acomodarte el pelo detrás de la oreja
y me pierdo
y lo único que veo

eres tú.

i want to write silly poems for you

love poems for you

poems about us growing together
about longing for you
even with you by my side
so i can say that i will always miss you

love poems for you

about me missing you and not me missing me

love poems for you

about you finding my hand in the darkness
and if the

love poems for you

don't find the light
we can always, always, make our own.

quiero escribirte poemas

poemas de amor para ti,
sobre crecer juntos
que hablen de añorarte aún contigo a mi lado,
para poder decir que siempre te echaré de
menos.

poemas de amor para ti,
sobre extrañarte y no extrañarme.

poemas de amor para ti,
que susurren como aun en la oscuridad
encuentras mi mano

y si los poemas de amor para ti no encuentran
la luz,
siempre, siempre,
podemos crearla nosotros.

you never dm'd me

the screen shows your profile picture.
it is like trying to catch a breath
that you never had to take away
because i lost it completely

i hand it over

freely.

nunca me envías un dm

mi pantalla muestra tu foto de perfil.
es como intentar recuperar el aliento
que nunca tuviste que quitarme
porque lo perdí por completo
te lo entregué

libremente.

my boy friend, who may be a good
boyfriend but is only my friend.

"you deserve better," he says
i know. i stay silent.
"you will become a manic pixie dream girl if
you start dating him."
i know. of course not, you idiot. i said.
i'm becoming the lucky girl syndrome. i said.
we are perfect for each other, don't you see? i
said.
look, you need to listen to this song
is the new shit; you'll become a better person. i
said.
"no, listen to me. i mean, for god's sake, listen to
you." *but i don't want to listen to me*
ok, i'll hear you out. i said.
"when he is around, you forget to be yourself.
when he is around, you forget to breathe or
smile or think. when he is around, you
disappear, you become a ghost inside your
body. your body becomes an abandoned town
that you can't escape."
i know, i guess.
oh, shut up, you idiot. i said. let's listen to this
song.

mi amigo, que pudiera ser un buen novio
pero sólo es mi amigo.

"te mereces algo mejor", me dice
lo sé. me quedo callada
"te convertirás en una manic pixie dream girl si
empiezas a salir con él".
lo sé. claro que no, idiota.
soy el lucky girl syndrome personificado.
somos perfectos el uno para el otro, ¿no lo ves?
mira, tienes que escuchar esta canción
es el nuevo trend; te convertirás en una mejor
persona.
"no, escúchame a mi. quiero decir, por dios,
escúchate a ti."
pero no quiero escuchar(me). ok, te escucharé.
"cuando él está cerca, te olvidas de ser tú
misma. te olvidas de respirar o sonreír o pensar;
desapareces, te conviertes en un fantasma
dentro de tu cuerpo y tu cuerpo se convierte en
una ciudad abandonada de la que no puedes
escapar."
lo sé, supongo.
cállate, idiota. escucha esta canción.

things i am not

- i'm not a taker; definitely a giver.
- i'm not someone who underestimates the power of a hug.
- i'm not a 'the movie is better than the book' type of person.
- im not a beggar; you should never beg for love.
- i'm not a hashtag trending now; forgotten later.
- i'm pretty sure i'm not a binge-watch show to keep you up all night.
- i am not a vibe-check; cool and calm.
- with the proper definition of the word 'definition,' i can confidently say i'm not a wifi signal, powerful and steady.
- nor the traffic light, red or green. i'm always the multi-colors you cannot see.
- and it is true, i'm not yet the sun, the wind, the waves, the birds, or a diamond filling you with awe.
- so though i'm not all things to be, i want to think that i am myself, and that, that should be enough.

la lista de cosas que no soy

- no soy quien recibe; siempre la que da demasiado.
- no subestimo el poder de un abrazo.
- no soy el tipo de persona "la película es mejor que el libro".
- no ruego; nunca deberías mendigar amor.
- no soy un hashtag trending ahora; para luego ser olvidado.
- no soy un tv-show que te mantiene despierto toda la noche.
- no soy un vibe-check; siempre tranquila.
- con la definición adecuada de la palabra "definición", puedo decir con confianza que no soy una señal de wifi, potente y estable.
- ni el semáforo, rojo o verde. siempre soy la gama multicolor que no puedes ver.
- y es cierto, aún no soy el sol, el viento, las olas, los pajaritos o un diamante que te llena de asombro.
- y aunque no soy todo lo que hay que ser, quiero pensar que soy yo, y que eso debe permanecer.

the seasons

you give me hope
so i became the weather
when **s p r i n g** arrived,
i tried to bloom
i asked the flowers for help
they said yes
s u m m e r came,
i tried to be funny
then it left, and **f a l l** stayed for 500 days
w i n t e r rushed,
i fought with the wind, and

i survived.

las e s t a c i o n e s

me diste esperanza
y me convertí en el clima
cuando llegó la **primavera**
intenté florecer,
pedí ayuda a las rosas
me dijeron que sí
llegó el **verano**
e intenté ser feliz
luego se fue, y el **otoño** se quedó 500 días
pero el **invierno** se abalanzó sobre mi,

luché con el viento:

sobreviví.

who am i

in an alternate universe where i'm unfazed by the men who ghosted me, i learn how to cook when he doesn't text me back. i go on solo dates and eat ice cream. i laugh with my friends until my eyes cry out my happiness. when the man reappears out of nowhere, i listen to taylor swift's songs to remind myself of my worth, iniko to feel powerful, and selena gomez's speeches on mental health. i make an appointment with my therapist. i am learning how to read again. i remember the tarot cards were always right. i realize that i should pay attention to my intuition. when he says i am too clingy, i go to his place and write the word 'pussy' with red lipstick. i'm proud. i think i'm doing him a favor. when he says i complain too much, i send him 74 voice notes. this is me being unfazed. when he disappears for a whole year, i remember my own self. i write poetry about the feminine urge to move to the forest and join the fairies and witches. i learn self-defense and also self-defense against the dark arts. i learn about places in my body that need love.

when he says he wants to see other people and keep an open relationship, i go to his apartment again and leave a massive collage of all my exes. i tell alexa, "play the break-up playlist." i decide to dye my hair, change careers, move to another country, and declare myself a non-pisces. he had told me who he was, and this time i listened. i say, "thank you for wasting my time." i call all my friends. i avoid all my friends. i scream like a wounded wolf. i pay attention to the seasons. i learn to move my body just enough to feel less pain. this is an alternate universe. here is the reality. i still have time, i still have so much beautiful time.

quién soy

en un universo paralelo en el que no me molestan los hombres que me han dejado plantada. aprendo a cocinar cuando él no me devuelve los mensajes. salgo sola y como helado. me río con mis amigas hasta que mis ojos gritan de felicidad. cuando el aparece de la nada, escucho canciones de taylor swift para recordar mi valor, iniko para sentirme poderosa. los discursos de selena gómez sobre salud mental, y agendo una cita con mi terapeuta. vuelvo a aprender a leer. recuerdo que las cartas del tarot siempre tenían razón. me doy cuenta de que debería prestar más atención a mi intuición. cuando él dice que soy demasiado codependiente, voy a su casa y escribo la palabra "coño" con un pintalabios rojo. estoy orgullosa. creo que le estoy haciendo un favor. cuando él dice que me quejo demasiado, le envío 74 notas de voz. esta soy yo, no estoy molesta. cuando desaparece durante todo un año, me acuerdo de mí. escribo poesía sobre el impulso femenino de mudarme al bosque y unirme a las hadas y las brujas. aprendo defensa personal y también defensa personal contra las artes oscuras.

aprendo sobre los lugares de mi cuerpo que necesitan amor. cuando dice que quiere ver a otras personas y mantener una relación abierta, vuelvo a ir a su apartamento y dejo un enorme collage con fotos de todos mis ex. digo: alexa 'pon el playlist de break-ups'. decido teñirme el pelo, cambiar de carrera, mudarme a otro país y declararme no-piscis. él me había dicho quién era, y esta vez le hice caso. le respondo: 'gracias por hacerme perder el tiempo'. llamo a todos mis amigos. evito a todos mis amigos. grito como una loba herida. presto atención a las estaciones. aprendo a mover mi cuerpo lo suficiente para sentir menos dolor. este es un universo alternativo. esta es la realidad. todavía tengo tiempo. todavía me queda tiempo y eso, eso es lo mas hermoso.

the poems i wrote

when i fell

in love with you.

deep down, i know no matter how many golden
hours we saw together, one year from now
if i sit and wait for your poems,
i

will

have

an

empty

line.

los poemas que escribí cuando me

enamoré

de ti.

*en el fondo, sé que no importa cuantos atardeceres
vimos juntos, dentro de un año si me siento a esperar
tus poemas,*

tendré

una

línea

vacía.

let's practice fall in love,
tell me every little detail of your life
but start with terrible things you have done.
from there,
let me love you anyway.

practiquemos enamorarnos
cuéntame cada pequeño detalle de tu vida,
empieza por las cosas terribles que has hecho.
a partir de ahí,
déjame amarte de todos modos.

friendsun

sometimes i tell the sun to give me a little light
i asked him about its situationship status
i mean, must be a boomer, never be able to hang
out with your girlfriend
always together in the popular universe
but never close to actually date.
so i may be asking the wrong guy for advice.
i thought maybe, you know, he could like,
give me his blog or something?
i like to picture the sun writing trending blog
posts
"15 easy ways to die while playing with fire"
"25 relationship advice if your girlfriend is in
tune with the moon"
"how to be always a sunshine never a wind
chime"
"how to conspire with the clouds to ruin the
party"
the usual, classic me being all moody and
cranky yet too cute to be lunatic.

sometimes i tell the sun to go away
to leave me alone

sometimes i try to see through him
and god that hurts
still, once i read that
"everything in life takes a little bit of pain"
so i asked the sun again
for a little light.

on those days i want him to go away
to leave me alone so i can be a ghost
a little light on
"30 ways to be someone's sunshine"

he refuses to talk.
he refuses to leave.

friendsun

a veces pido al sol que me dé un poco de luz
le pregunto por su "situationship"
debe ser difícil, nunca poder salir con tu novia
aunque estén juntos en el universo popular
pero nunca tan cerca como para tener una cita.
así que puedo estar pidiendo consejos al tipo
equivocado.
pensé que tal vez, ya sabes,
¿podría darme su blog o algo así?
me gusta imaginar al sol escribiendo en un blog
famoso, con cosas como:
"15 maneras fáciles de morir jugando con fuego"
"25 consejos de relación si tu novia está en
sintonía con la luna"
"cómo ser siempre un sol y nunca una campana
de viento"
"cómo conspirar con las nubes para arruinar la
fiesta"
lo de siempre, la clásica yo malhumorada,
pero demasiado linda para ser lunática.

a veces le digo al sol que se vaya
que me deje en paz

a veces intento ver a través de él
y dios, eso si duele
aunque una vez leí que
"todo en la vida requiere un poco de dolor"

así que le pedí al sol otra vez
un poco de luz
en esos días en los que quiero que se vaya
que me deje en paz para poder ser un fantasma
un poco de luz sobre
"30 maneras para ser el sol de alguien"

pero el sol,

se niega a hablar.
se niega a irse.

i'm more concern
about falling in love,
than dying.
and i love
that you make me feel that way.

me preocupa más enamorarme
que morir.
y me encanta
que seas tú
quien me hace sentir así.

if
life is a question mark,
then
you are
my only answer.

si la vida es un signo de interrogación,
entonces tú eres
mi única opción.

i wish you love me
for longer than i think i deserved
for reasons i yet have to unfold,
especially on days i feel unlovable.
i wish you love me
in ways
i've never been loved.

quisiera me ames
por más tiempo del que creo merecer
por razones que aún tengo que descubrir,
en especial cuando siento que no lo merezco.
deseo que me ames
de todas las formas
en las que nunca me han amado.

let's make 'this' a home,
where you can take off your clothes
and with them, all your worries
of every yesterday.
you and me, a home.
you and me, no matter if the sky's cracked
no matter if the windows can't stay open,
let's make 'this' a home,
you and me.

hagamos de "esto" un hogar.
donde puedas quitarte la ropa
y con ellas, todas las preocupaciones
de cada ayer.
tú y yo, un hogar.
tú y yo, sin importar que el cielo se agriete
sin importar que las ventanas no puedan
permanecer abiertas,
hagamos de "esto" un hogar,
tú y yo.

it is truly amazing
how content
you can feel in life,
with just
one hug
from the right pair of arms.

es sorprendente
lo contenta
que puedes sentirte en la vida
con tan solo
un abrazo
de la persona adecuada.

i can't keep track of the poems i've written for you, and only you. yet i'm sure of this: if i die tonight, i wish i could come back as your alarm clock, so i can always be beside your bed and wake you up to another day. i wish i could come back as the water you use to shower away your sadness. if i die tonight, i wish i could come back exactly as you need your coffee, strong and inevitable.

es imposible llevar la cuenta de los poemas que he escrito para ti. sin embargo, estoy segura de esto: si muero esta noche, volvería como tu despertador, para estar siempre junto a tu cama y ser quien te levante todos los días. volvería como el agua que usas para quitarte la tristeza. si muero esta noche, ojalá pudiera volver exactamente como necesitas tu café, fuerte e inevitable.

you are the sun that shines so bright,
the moon that glows at night.
you are the wind that rustles the leaves
and the waves that crash against the reefs.
a mountain, tall and grand,
a desert, stretching endless sand.
you are a sparkling diamond,
a bright star that twinkles at night.
but i am here, only unique and true,
with a heart that beats for you,
hoping that's enough.

eres el sol que brilla en el día,
la luna que ilumina de noche.
el viento que agita las hojas
y las olas que chocan contra los arrecifes.
una montaña, alta y grandiosa,
un desierto, extendiendo su arena sin fin.
eres un diamante,
una estrella que centellea en la noche.
y yo solo estoy aquí, única y sincera,
con un corazón que late por ti,
esperando que eso sea suficiente.

a girl in love with a constellation once wrote

i'll watch you grow from here, where i can only see the beauty of your infinity. because if i were near enough to touch you, i would hate the sound of my heart breaking trying to reach you, while you're just trying to expand. i'll love you from here, where it's safe, and all i can see are the stars bright enough to keep me going on loving you.

una chica enamorada de una constelación
escribió una vez

te veré crecer desde aquí. donde solo pueda ver
la belleza de tu infinidad. de cerca, no podría
soportar el sonido de mi corazón desgarrado
tratando de alcanzarte, y tú, sólo estás tratando
de expandirte. te amaré desde aquí, donde es
seguro, y todo lo que puedo ver son las estrellas
que me ayudan a seguir amándote.

the 'right or wrong' people don't always say,
'i love you. '

sometimes they show it like this:

1. i love you, but...
2. where were you last night?
3. you didn't answer my text yesterday.
4. i love you, but you are gaining weight.
5. don't be so skinny; i need something to grab.
6. why don't we share a location? it will be
    safer that way, honest that way, intimate
    that way.
7. i love you, but you are too much.
8. you are the one cheating, and still, i forgive
    you.
9. i made you dinner, and this is how you
    repay me?
10. i brought you flowers, your favorite.
11. here, some coffee, just the way you need it.
12. i love you, but that skirt is too short; you
    don't want them to think you are a whore.
13. i love you; here is some ice cream, chocolate,
    just as you like it.

las personas 'correctas o incorrectas' no
siempre dicen: 'te amo'.

a veces lo demuestran como:

1. te quiero, pero...
2. ¿dónde estuviste anoche?
3. ayer no respondiste mis mensajes.
4. te quiero, pero estás engordando.
5. no estés tan delgada; necesito algo que
   agarrar.
6. ¿por qué no compartimos nuestra ubicación?
   así será más seguro, más honesto, más
   íntimo.
7. te quiero, pero eres demasiado.
8. tú eres la que engaña, y aun así, te perdono.
9. te hice la cena, ¿y así me agradeces?
10. te traje flores, tus favoritas.
11. toma, un poco de café, justo como lo
    necesitas.
12. te quiero, pero esa falda es demasiado corta;
    no querrás que piensen que eres una zorra.
13. te quiero, te traje helado de chocolate, justo
    como te gusta.

maybe
i
love too much
maybe
i
want us too much
maybe   all   i   want   is
          to   become
the feeling when you stare at me
from across a crowded room.

tal vez amo demasiado
tal vez nos quiero demasiado
tal vez lo único que quiero es convertirme en
ese sentimiento que solo sucede cuando me
miras, desde el otro lado de una habitación
llena de gente.

lover girl never falls in love

who is he?

magic trick #4

abvril
mixed-media poetry

if your hands are a volcano
don't expect flowers to bloom.

autumn . hazel . maple . amber . october

the mirror of you

i could have never imagined
that by looking at you
i will see a monster in me.

tu reflejo

nunca hubiera imaginado
que al mirarte
vería un monstruo en mí.

the firsts of everything

we had just finished dinner, standing outside the restaurant. i was the 'i don't know what to do' type of girl, and you were the 'perfect smile, eyes screaming to kiss me' type of boy. i'm in my early 20s and have never been kissed. i'm a hopeless romantic, always waiting for 'the one,' or maybe i just missed 'relationships 101' at school. even writing this makes me feel uneasy, as if my body still hates me for this moment in our story. am i a survivor? i'll never know.

the first time you kissed me
i didn't know where to put my tongue
so i kept it to myself.
i think maybe it was a metaphor
for all those times
i didn't raise my voice enough,
all those times
i shut my mouth

       and kept my language in place.

las primeras veces

acabamos de terminar la cena. estábamos fuera del restaurante. yo, el tipo de chica "no sé qué hacer", tú el tipo de chico "sonrisa perfecta, ojos que piden a gritos que me beses". estoy empezando mis 20 y nunca me han besado. no me avergüenzo. soy una romántica empedernida que siempre espera "al indicado", o quizá es que nunca asistí a la clase de "relaciones 101" en el colegio. pero incluso escribir esto me hace sentir incómoda, como si mi cuerpo aún me odiara por este momento en nuestra historia. ¿soy una sobreviviente?, nunca lo sabré.

la primera vez que me besaste
no sabía dónde poner la lengua
así que la guardé para mí.
creo que fue una metáfora
por todas las veces
que no levanté la voz lo suficiente
todas esas veces
que cerré la boca

y mantuve mi opinión en su sitio.

how can i possibly know if i want to be kissed
when everyone is watching?

how could i tell if you never asked me?

¿cómo puedo saber si quiero que me beses
cuando todo el mundo me está mirando?

¿cómo podría saberlo si nunca me lo
preguntaste?

your less favorite song

you know those songs you play in the
background, those unnoticed tunes that blend
with the noise.
the ones that fade away like fast food places,
once you leave and forget what you chose.
you called them the worst songs in the world,
the ones you like the least, you said with a grin.
i half-smiled too and kept quiet as usual,
softening in your presence, unsure where to
begin. but even if i'm just taking up space,
a background note,
i'd rather be your least favorite song,
than nothingness, forgotten and gone.

ser la canción ignorada en tu playlist

¿sabes de esas canciones que suenan de fondo?
esas melodías desapercibidas que se mezclan
con el ruido.
las que se desvanecen en los sitios de comida
rápida, una vez que te vas y olvidas lo que has
pedido.
las llamaste "las peores canciones del mundo",
las que menos te gustan.
esbocé una media sonrisa y mantuve silencio
como siempre,
desvaneciéndome en tu presencia,
sin saber por dónde empezar.
porque aunque solo esté ocupando un espacio,
una nota de fondo,
prefiero ser tu canción menos favorita,
que la nada, olvidada y desaparecida.

the golden hours

i cannot deny the good times.
still,
i can feel the light
on my skin,
warm and golden like a sunset sea.
the grass
against my back,
rough and alive.
your hand
on my cheeks,
gentle like a breeze.

your kiss.

and the 186 golden hours
sitting in central park,
witnessing time pass by
as everybody else kept on living their lives.

those were the good days:
the days
i thought you loved me,

the days
when my whole world
seemed to shine.
the days
when i let down my guard,
the days
that crumbled all my walls,
i cannot deny the good times.

but who were you there? —and what are you
now?
a memory
a ghost
or something else entirely?

horas doradas

no puedo negar los buenos momentos.
todavía puedo sentir la luz
en mi piel,
cálida y dorada como un mar al atardecer.
la hierba
contra mi espalda,
viva y áspera.
tu mano
en mis mejillas,
suave como la brisa.

tu beso.

y las 186 horas doradas
sentados en central park
viendo pasar el tiempo
mientras los demás seguían viviendo sus vidas.

esos eran los buenos días:
los días
en los que creía que me querías,
los días

en los que todo mi mundo
parecía brillar.
los días
en que bajé la guardia
los días
que derrumbaron todos mis muros,
no puedo negar los buenos momentos.

¿pero quién eras en ese entonces? —¿y qué eres
ahora?
un recuerdo
un fantasma
¿o algo totalmente distinto?

i close my eyes for 15 minutes
i'm tired of writing, but i have to
i want people to know when they see you

that love is not a magic trick.

that it takes time.

       and a heart
             but mostly a ***heartbreak***.

cierro los ojos por 15 minutos
cansada de escribir, pero tengo que hacerlo
quiero que cuando la gente te vea, sepa

que el amor no es un truco de magia.

que se necesita tiempo.

    y un corazón
          sobre todo, un ***corazón roto***.

you lifted me high,
up in the clouds,
held,
feeling alive and seen,
i never felt so proud.
for once, i mattered,
not just a face in the crowd.
but just like that,
you let me down,
crashing hard to the ground.

me llevaste a las nubes,
me sujetaste,
haciéndome sentir con vida y reconocida.
nunca me sentí tan orgullosa.
por primera vez, yo importaba
no solo fui una cara bonita entre la multitud.
pero así de simple,
me condenaste al suelo
dejándome caer.

this is how sad i am

i went to look over one of my newest piercings
and my piercing guy sensed something was off
"how are you doing?" he asked
"well, you know, surviving."
"you know what they say, gotta let it go."
"yeah, i know. and for everything else, we can
always get tattoos and piercings."
"i'll check your piercing next week. promise
you'll be back? "
"i will."
"seriously, i need to check on that piercing."
"yeah, i'll come back."

even he notices how sad i am.
perhaps that was the most heartbreaking
conversation,
but a meaningful one.

i see how a someonewhat stranger could sense
my feelings,
while you, lying next to me,
could easily watch me go to hell and come back
and never lift a finger.

así de triste estoy

fui a cuidar uno mis nuevos piercings
y quien me perfora las orejas sintió que algo
estaba mal.
"¿cómo estás?" me preguntó.
"bien, ya sabes, sobreviviendo."
"ya sabes lo que dicen, déjalo ir."
"sí, lo sé. y para todo lo demás, siempre
podemos tatuarnos y hacernos más piercings."
"revisaré tu piercing la semana que viene. ¿me
prometes que volverás?"
"lo haré. "
"en serio, tengo que revisar ese piercing."
"sí, volveré."

hasta él se da cuenta cómo estoy,
quizás esa fue la conversación más triste.

veo como un extraño puede notar mis
sentimientos. mientras tú, tumbado a mi lado
podrías fácilmente verme ir al infierno y volver
y nunca mover un dedo.

we   fight.
we   go back.

nothing different in the story of the history of
every single relationship.

we're stuck in a loop. we make up, promising to
change, but we end up right back where we
started. you sent me no letter, no message, no
flowers.

and yet, i can't help but hope. maybe this time
will be different. maybe this time, we'll break
free.

you sent me no letter,
no message,
no flowers.

don't think i can forget you.

i think the song says:
"don't think i can forgive you."

peleamos.   nos arreglamos.

nada diferente
en la historia de todas las relaciones.

atrapados en un bucle. hacemos las paces, prometemos cambiar y acabamos justo donde empezamos. no me envías ninguna carta, ningún mensaje, ni flores.

y, sin embargo, no puedo evitar tener esperanzas. tal vez esta vez sea diferente. tal vez, esta vez, nos liberamos.

no me envías ninguna carta,
ningún mensaje,
ni flores.

no creas que puedo olvidarte.

creo que la canción dice:
"no creas que puedo perdonarte."

everything in life can be a bookmark;
that was me to you.
you would leave your books open
on the coffee table,
dog-earing the pages where you left off.
i would come over and find the books,
marked with my presence,
a reminder
of "my real place in your life."
sometimes i think i was also a scaffold,
a temporary structure to support you
in your "main character" role.
thing is, in the process,
you let me think
i wasn't going to be good enough for someone
else,
not even as a bookmark,
not even as a scaffold.
i felt like i was only good enough
to prop you up and keep your place
in the story of your life,
but not good enough
to have a story of my own.

todo en la vida puede ser un marcapáginas
eso fui para ti.
dejabas tus libros abiertos
en la mesita, doblando las esquinas
donde quedó lo que leías.
yo me acercaba y encontraba los libros
marcados con mi presencia,
un recordatorio
de "mi verdadero lugar en tu vida."
a veces pienso que yo también era un
andamio,
una estructura temporal para apoyarte
en tu papel de "protagonista."
en el proceso
me dejaste pensar
que no sería lo suficiente para otra persona
ni como marcapáginas,
y menos, como andamio.
sentí que solo era útil
para sostenerte y mantener tu lugar
en la historia de tu vida,
pero jamás valiosa
para tener mi propia historia.

a bed

      full of arguments and sleepless nights

      is a terrible place

      to call it home.

una cama

llena de discusiones y noches sin dormir

es un lugar terrible

para llamarlo un hogar.

the cult

when the man asks, "do you like it?" i plaster on a fake smile and nod my head, but my heart is a vacant shell, and i'm long gone, ten minutes dead. he tells me, "the house is your duty," and suddenly, i'm just a thing, a maid, a servant, a housewife, a slave, but never a human being. when he asks me where i've been, i lie through my teeth with ease. i say i'm out with my best friend, and he buys it, oh so pleased. but the truth is, i wander endlessly, 'round the block, to a bridge i love so well, where i stand and gaze, hoping for something real to dwell. "cook me dinner, " he barks, so i serve him a grilled cheese on a silver platter, thinking it's something he'll learn. he says "that's not a proper meal," as if i'm supposed to know, what a man's meal should be, as if it's some kind of universal law. then he says, "what are you, if not mine?" and my heart sinks like a stone. every fiber of my being screams to run, to flee, to be alone. i open my mouth to scream, to let out all the pain and hurt, but no sound escapes my lips, as if my voice is buried deep in dirt.

when a girl screams in the middle of the night,
the world falls silent and still, no one dares to
disturb the peace, no one wants to feel that chill.
so i stay, night after night, living in a nightmare
of my own design.

el culto

cuando me pregunta: "¿te gusta?", esparzo una sonrisa falsa y asiento con la cabeza, pero mi corazón es una cáscara vacía, hace tiempo que me he ido, llevo diez minutos muerta. dice: "la casa es tu deber", y de repente, no soy más que una cosa, la sirvienta, la esclava, nunca un ser humano. cuando me pregunta dónde he estado, miento con facilidad, digo que he salido con mi mejor amiga, y él se lo cree. pero la verdad es que deambulo sin cesar, hasta un puente que me llama, donde me paro y miro, esperando habitar algo real. "prepárame la cena", ladra, así que le sirvo un sandwich de queso en una bandeja de plata. dice "esto no es una comida adecuada", como si se diera por sentado que yo sé lo que debe ser la comida de un hombre, como si fuera una especie de ley universal. dice: "¿qué eres tú, si no mía?", y mi corazón se hunde como una piedra, cada fibra de mi ser grita, que corra, que huya, que me quede sola. quiero llorar, dejar salir el dolor y el daño, pero ningún sonido sale de mis labios, como si mi voz estuviera enterrada en lo más profundo de la tierra.

cuando una chica grita a mitad de la noche, el mundo se queda en silencio, nadie se atreve a perturbar la paz, nadie quiere sentir ese escalofrío recorrer la espina dorsal. así que me quedo, noche tras noche, viviendo en una pesadilla que solo yo diseñé.

after little miss

little miss i'm sick of it
little miss i'm broken
little miss this is fucked up
little miss where was i when i needed me the
most?
little miss i love you too much too quickly
little miss always giving you second chances
little miss hopeless people pleaser
little miss is always a manic pixie dream girl
little miss i'm always in love
little miss will always miss you even when you
hurt her the most
little miss had enough
little miss learning to pick up the pieces and
repair them on her own
little miss my body deserves flowers
little miss happy is not a decision but i'm
starting therapy tomorrow
little miss i'll learn to fold the memories
little miss learns to fly
little miss i'll never think of him,
not even once.

after little miss

little miss estoy muy harta
little miss estoy rota
little miss esto está jodido
little miss ¿dónde estaba yo cuando más me
necesitaba?
little miss te amé demasiado, muy rápido
little miss solo quiere complacer a la gente
little miss siempre una manic pixie dream girl
little miss siempre estoy enamorada
little miss siempre te echaré de menos incluso
cuando más me lastimaste
little miss ya fue suficiente
little miss aprende a recoger los pedazos y a
repararlos por sí misma
little miss mi cuerpo merece flores
little miss ser feliz no es una decisión pero
mañana empiezo terapia
little miss aprenderé a doblar los recuerdos
little miss aprendió a volar
little miss nunca pensaré en él,
ni siquiera
una vez.

i go on solo dates
wearing a cancer ring
beside my pisces ring

t o   **r e m i n d**   m e

that my mother and i
are not so different:

**we both dated men
who didn't deserve us.**

tengo citas conmigo
llevando un anillo de cáncer
junto a mi anillo de piscis
para recordar que mi madre y yo
no somos tan diferentes:
las dos hemos salido con hombres
que no nos merecían.

some battles go

t-h-r-o-u-g-h   me

i
understand that **now**.
i cut the **red thread**
it was never meant to be there in the first place.

algunas batallas están hechas para atravesarme
ahora lo entiendo.
corté el hilo rojo,
nunca debió estar ahí.

after everything,
sometimes i think
love is
        leaving.

después de todo,
a veces pienso
que amar(se) es
            irse.

not today, but
one day[1]

---

[1] i'll write about someone new.

hoy no,
pero algún día
escribiré sobre alguien nuevo.

lover girl never falls in love

who is she?

magic trick #5

hello
a poem erasure

~~by~~ **this moment,** ~~we all know i said hello first. my~~ ~~friends tell me to stop looking at him because it's~~ ~~so obvious. the worst thing is to admit that i can't~~ ~~last two days without eating chocolate. hi, would~~ ~~you like to go out sometime? it's just that we keep~~ ~~bumping into each other and i don't know, maybe~~ ~~this could be a good thing. i say hello, and you~~ ~~smile, i guess you just created a poem and a star,~~ ~~all at once,~~ **i feel like** ~~i am the lucky girl syndrome,~~ ~~what are the odds, right? i say hello, and for a~~ ~~moment, your eyes sparkle, your cheeks blush, i~~ ~~feel like~~ **my face is on fire** ~~and i can't say anything~~ ~~else. yeah, sure, i'd like to go out sometime,~~ ~~saturday at 7? you said.~~

some days i still blame the uber
but no matter the number of times
i pray to the universe
you can never re-do what is already done.

todavía algunos días
culpo al uber,
pero no importa el número de veces
que rezo al universo
nunca se puede rehacer
      lo que ya está hecho.

self-portrait

i hope for change
i hope for love
i hope for healing
just as much as i hope for a hug.

i hope for kindness and tenderness.
i hope for me
in may or november.

i hope to make a self(heart)-portrait of my own
to write that story i left undone.

i hope to count all the universe's stars
so when i finally meet you
i can read them in your eyes.

autoretrato

espero el cambio
espero el amor
espero sanar
tanto como espero
abrazar.

espero bondad y ternura
espero por mí
en mayo o en abril.

espero pintar un autorretrato (de corazón)
escribir esa historia que dejé a medias.

espero contar
todas las estrellas en el universo,
para que cuando por fin te conozca
pueda leerlas en tus ojos.

it took me a while, but i slowly began to go back to the previous me, the me before you. it's funny now, but i never pictured a now without you and now i'm living it. in my "me taking back what you left," i start university again. in my "me taking all the pieces, adding gold, and creating something new," i go back to my best friend's house, and she opens the door and hugs me. she says there is nothing to forgive, that she has, in fact, missed my compulsive cleaning, and she could use a hand. in my "me mending my heart," i call my mom and cry on the phone, begging her not to tell dad, otherwise, the man will be dead. she promises. she says i'm her all, and i believe her. in my "me trying to get my life back," i begin to hang out more. that means a library and a few parks and parking lot sessions while i cry and eat mcdonald's at the same time. atta girl, a multitasker. i start to see glimmers of hope in the darkness, i can even say that i start to find solace in the small moments, so i notice some things that before seemed blurry. in my "let me move on, just enough to get through the day," you appear.

me llevó un tiempo, pero poco a poco empecé a volver a mi yo anterior, al yo antes de ti. es gracioso, nunca imaginé un ahora sin ti y ahora lo estoy viviendo. en mi "yo recuperando lo que dejaste", empiezo de nuevo la universidad. en mi "yo recogiendo todas las piezas, añadiendo oro y creando algo nuevo", vuelvo a casa de mi mejor amiga, ella me abre la puerta y me abraza. dice con dulzura que no hay nada que perdonar, de hecho ha echado de menos mi limpieza compulsiva y le vendría bien que le echara una mano. en mi "yo reparando mi corazón", llamo por teléfono a mi madre y lloro, rogándole que no se lo diga a papá, porque si no, el hombre estará muerto. ella lo promete. dice que soy su todo, y le creo. en mi "yo intentando recuperar mi vida", empiezo a salir más. eso significa una biblioteca, unos cuantos parques y parqueos mientras lloro y como mcdonald's al mismo tiempo. perfecta en multitareas. comienzo a ver destellos de esperanza en la oscuridad, encuentro consuelo en los pequeños momentos, así que me fijo en algunas cosas que antes parecían borrosas. en mí "déjame seguir adelante, lo justo para pasar el día", apareces tú.

introduction to astrophysics

an empty library observes a girl sitting with a
book on astrophysics,

the girl is me.

the bookshelves watch as another girl
approaches

and asks for the book.

the book listens as they both get excited about
the universe, galaxies, and, obviously, black
holes.

the librarian smiles, hoping to have witnessed
the beginning of a friendship or, who knows,
some love.

the empty library observes a girl sitting with
another girl talking about astrophysics,

and that girl is me.

introducción a la astrofísica

una biblioteca vacía observa a una chica sentada
con un libro sobre astrofísica,

esa chica soy yo.

las estanterías observan cómo otra chica se
acerca

y le pide el libro.

el libro escucha como ambas se entusiasman
con el universo y las galaxias y, obviamente, los
agujeros negros.

la bibliotecaria sonríe, esperando haber sido
testigo del comienzo de una amistad, o quién
sabe, de algún amor.

la biblioteca vacía observa a una chica sentada
con otra chica hablando de astrofísica,

y esa chica soy yo.

friendship

without putting too much effort
you taught me
to laugh alone
to laugh with you
to keep treasures below my bed
to chase away fear
and wipe away tears
to cheer you on
but also to cheer me up
you became a light in the dark
but you show me that i can glow too.

amistad

sin esforzarte demasiado
me enseñaste
a reír sola
a reír contigo
a guardar tesoros debajo de mi cama
a espantar el miedo
y secar las lágrimas
me enseñaste a darte ánimos
pero también a encontrarlos en mí,
te convertiste en luz en medio de la oscuridad
pero me enseñaste que yo también puedo
brillar.

my best friend says...

we were meant to be friends,
that our stories have a lot of "consistencies."
"oh yeah, like what, karen?" i joked.
"you see, you both went to the same high school
and never met, you both were in nyc at the
same time, and she used to run in central park."
"oh, come on, that place is huge!" i laughed, but
my best friend kept talking.
when she has these crazy theories, i cannot
change her mind.
"you see, she moved here a few months before
you, and when i met her, i thought you guys
could get along."
"yeah, we are taking the same classes, and she is
nice, has nice skin, and i like her style. i mean,
she has a good vibe."
my best friend smiled, like she had just won an
argument on nuclear weapons. then she went
quiet.
"what?" i asked.
"you know my name is not karen, right?"
we both laughed so loud
until time became a bearable ring.

mi mejor amiga dice…

que estábamos destinadas a ser amigas,
que nuestra historia tiene muchas
"consistencias".
"oh, sí, ¿cómo qué?, karen", le dije en broma.
"verás, las dos fueron al mismo colegio y nunca
se conocieron, vivieron en nyc al mismo tiempo,
y ella solía correr en central park".
"oh, ese lugar es enorme", me reí, pero mi mejor
amiga siguió hablando. cuando tiene estas
teorías locas, no puedo hacerla cambiar de
opinión.
"verás, ella se mudó aquí unos meses antes que
tú, y cuando la conocí, pensé que ustedes se
llevarían bien".
"sí, vamos a las mismas clases, y es simpática,
tiene una piel bonita, y me gusta su estilo.
quiero decir, tiene buena vibra".
mi mejor amiga sonrió, como si acabara de
ganar una discusión sobre armas nucleares.
luego se quedó callada.
"¿qué?", pregunté.
"sabes que no me llamo karen, ¿verdad?".
nos reímos tan fuerte que el tiempo se convirtió
en un anillo que puedo soportar.

you gave me back the book i lent you

"thank you, how sweet" i smiled
"no, i should be thanking you," you replied with
a hint of softness in your voice.

"oh, yeah sure, but it's just that it's not so
common for people to return books," i said.

you smiled back at me,
looking very pretty doing it.

"who do you think i am, a monster?" you joked.

as you turned to leave, i couldn't help but open
the book to take a peek.

there was a poem inside.

me devolviste el libro que te presté

"gracias, qué amable", sonreí.
"no, debería darte las gracias a ti" dijiste
con un toque de suavidad.

"oh, si claro, pero es que no es tan común que la
gente devuelva los libros," respondí.

me devolviste la sonrisa
y no pude evitar ver lo hermoso
de ese gesto tan simple,
estoy segura
que le sonríes a todo el mundo.

"¿quién te crees que soy?, ¿un monstruo?"
a ti te queda bien todo,
hasta el tono de burla.

cuando te diste la vuelta, no pude evitar abrir el
libro para echar un vistazo.

había un poema dentro.

chaos? no problem

by marianne

life can be mad hectic,
drama. stress. chaos. frantic?
but there's beauty around us every day,
waiting to be found
in the little things that come our way.
like when the sun's rays kiss your face,
or when a cool breeze tames your hair's wild
chase,
you see, it can be such a surprise
that even you cherish the sound of laughter
from your mom and dad,
or the birds singing tunes that ain't half-bad.
there's hope in the things we often take for
granted, in the love from our friends that could
fill up a book, isn't that enchanted?
or the kindness from a stranger in a moment of
need,
or the good vibes that make our hearts skip a
beat. so, when things get tough and life feels
like it's all a mess,
look around, and you'll find enough,
of beauty, hope, and grace.
take a breath, slow down, you'll be okay.

¿caos? no hay problema
por marianne

la vida puede ser una locura
drama, estrés, caos.
pero hay belleza a nuestro alrededor todos los
días, esperando ser encontrada
en las pequeñas cosas que se cruzan en nuestro
camino, como cuando los rayos del sol besan tu
cara o cuando una brisa fresca coloca tu pelo en
su lugar,
puede ser una sorpresa que incluso a ti, te guste
el sonido de la risa de tus padres
o los pájaros cantando melodías que no están
nada mal. hay esperanza en las cosas que
damos por sentadas, en el amor de nuestros
amigos que podría llenar un libro,
¿no es eso mágico?
o la amabilidad de un desconocido en un
momento de necesidad, o en las buenas vibras
que hacen latir nuestro corazón. así que, cuando
las cosas se ponen difíciles y parece que la vida
es un completo caos, mira a tu alrededor y
encontrarás suficiente,
gracia, belleza y esperanza.
respira, relájate, estarás bien.

i show you a picture of love

how to frame love, you say?
or you mean, how to bottle love?
see, it's easy
i strongly believe that if you sit in silence
staring at someone's eyes for too long,
you'll fall in love.

there is no other window to the universe
than this
there is no other road to the next galaxy
than silence.

love is easy
no need to bottle it or frame it.

is meant to be free
as everything you see.

but if you are in such a hurry
here, i give you
i'll even open it for you.

i know, it's scary, letting it go so simple
but no worries,
i always carry a tiny bottle or two in my pocket

that and daisies, or any beautiful thing this
world has to offer.

take it, is yours now
and when you are ready
only when you are ready
please,
give it to the next person.

> *little did you know, little did i know,*
> *'the next person'*
> *was you.*

te muestro un retrato del amor

¿cómo enmarcar el amor, dices?
¿o quieres decir cómo embotellarlo?
verás, es fácil
creo que si te sientas en silencio
mirando fijamente los ojos de alguien
durante mucho tiempo,
te enamorarás.

no conozco otra ventana al universo,
no conozco otro camino a la próxima galaxia
que el silencio.

el amor es fácil
no está hecho para una jaula,
está hecho para ser libre
como todo lo que ves.

pero si tienes tanta prisa
aquí te lo doy
hasta lo abro por ti
lo sé, da miedo, dejarlo ir tan simple
pero no te preocupes
siempre llevo una pequeña botella o dos en mi
bolsillo.

eso y margaritas, o cualquier cosa hermosa que
este mundo tiene para ofrecer.

tómalo, es tuyo ahora
y cuando estés lista
solo cuando estés lista,
dáselo a la siguiente persona.

no te imaginabas, yo tampoco:
"la siguiente persona" eras tú.

you are a force of nature

~ about her.

eres una fuerza de la naturaleza

~ sobre ella.

i used to have nightmares

about having nightmares

now i have dreams

about you.

antes tenía pesadillas

      sobre tener pesadillas

ahora tengo sueños

      sobre ti.

dream a little,
dream of me,
tonight when the streets go quiet,
i'll dream a little,
i'll dream of you,
our dreams will meet
in the midnight heat.

sueña un poco,
sueña conmigo,
esta noche cuando las calles se calmen,
soñaré un poco,
soñaré contigo,
y nuestros sueños se encontrarán
en el calor de medianoche.

i told you
that before i met you
a guy turned me into a fool
because i loved him
but he never loved me back.

you said
        love
        is never a fool.

una vez te dije
que antes de conocerte
fui una tonta
al amar
a quien nunca me quiso.

tú me respondiste
el amor
nunca es tonto.

living in a conan gray song

we're at a party, and i'm feeling the possibility
you invited me, so i brought my bestie
everything's going well, until i see
you're dancing with someone else, suddenly
i'm hit with a wave of insecurity
"i can't hear you," you said, and the music's too
loud
the other girl stops dancing, and we stand in a
crowd
you introduce her as anne, your girlfriend
for some reason, i'm thinking about conan
gray's words again
"nice to meet anne, that rhymes with marianne,"
i stumble over my words.
"she is my bestie, lily, although she can be a
karen sometimes, " i said
and then, i can't recall much
just the sight of you being happy and such
i'm happy for you, but it's bittersweet
then, like a sudden beat:
"*i'm just people-watching*," i realized
living in a conan gray song, i think to myself
my longing for a love that i can't have
for now, i'll keep pretending that i'm okay.

viviendo en una canción de conan gray

en la fiesta a la que me invitaste
me acompaña mi mejor amiga
todo va bien, hasta que veo
que estás bailando con alguien más,
de repente me golpea una ola de inseguridad
"no te oigo", dices, y la música está demasiado
alta.
la otra chica deja de bailar, y nos quedamos de
pie entre la multitud
la presentas como anne, tu novia
por alguna razón, vuelvo a pensar en las
palabras de conan gray
"encantada de conocerte anne, que rima con
marianne", tropiezo con mis palabras.
"ella es mi mejor amiga, lily, aunque a veces se
comporta como toda una karen", digo.
recuerdo muy poco. solo verte feliz.
me alegro por ti, aunque sea amargo.
y como un latido repentino:
"*solo estoy mirando a la gente*", me di cuenta.
estoy viviendo en una canción de conan gray,
mi anhelo por un amor que no puedo tener.
mientras tanto, seguiré fingiendo que estoy
bien.

maybe i loved you too late.
maybe i came too late into your life.
but i am sure
you appeared

right

on

time.

tal vez te amé demasiado tarde.
tal vez llegué
muy tarde a tu vida.
pero estoy segura
de que apareciste

    justo

        a

           tiempo.

i kept writing poems about you,
even a little heartbroken,
yet for you, i proudly wear the title of 'friend,'
i prefer your happiness above all.
i chose this path, fearing it might tear us apart.
but still, i cannot help but write poems,
spinning a world where we exist together,
both as friends and something else.

seguí escribiendo poemas sobre ti,
incluso con el corazón un poco roto,
pero para ti,
llevo con orgullo el título de "amiga",
prefiero verte feliz.
elijo eso antes que la idea de separarnos,
aunque no puedo evitar escribir poemas,
tejiendo un mundo donde existimos juntas,
como amigas y algo más.

our love is instagram-worthy: a millennial
love poem

*in an alternate universe, where marianne and i exist
as more than just friends.*

we are both each other's fortress,
we build it out of trust and kindness,
not without putting up a fight at first,
 with every brick, and all the baggage.

don't get me wrong,
i'm not a love poet, you know,
but if i should talk about love,
i would tell them about us.

about the silent conversations
between night walks and star gazing.
about the tears,
the ones you've shown me, they have colors.

i'll speak about our garden: roses blushed, lilies
swayed, daisies danced, and... love was made.

you know, i'm not a love poet,
but for you, i'll re-do every moment,

even the first date.
and, look, i'm not into first dates.
i never know what to say
and always wear the wrong clothes,
not matching my true self.

but if i should talk about us,
i'll tell them
love deserves a fortress,
like the one we just made.

i think i'm a gen z with the spirit of a millennial,
shall i rewrite the title?

nuestro amor es digno de instagram: un
poema de amor millenial

en un universo alternativo, donde marianne y yo
existimos como algo más que amigas.

somos una fortaleza
la construimos con confianza y amabilidad
no sin luchar al principio
con cada ladrillo y todo el equipaje.

no me malinterpretes
no soy una poeta de amor, lo sabes,
pero si debo hablar de amor
hablaría de de nosotras.

sobre las conversaciones silenciosas
entre los paseos nocturnos para ver las estrellas
sobre las lágrimas,
las que me has mostrado,
tienen colores.

hablaré de nuestro jardín
las rosas se sonrojaron, los lirios se balancearon
las margaritas bailaron, y... se hizo el amor.

ya sabes, no soy una poeta de amor,
pero por ti, volvería a recrear cada momento.

incluso la primera cita.
y, mira, no me gustan las primeras citas.
nunca se que decir
y siempre llevo la ropa equivocada
desentonando con mi verdadera yo
pero si debo hablar de nosotras
les diré
que el amor merece una fortaleza,
como la que acabamos de construir

creo que soy una gen z con el espíritu de una
millennial,

¿debería reescribir el título de este poema?

there were no stars in the city

i thought this the other night
while smoking a cigarette and
listening to a poem you told me you like.
i know it's sad,
that there were no stars in the city,
but i look down and see all the tiny windows
with their tiny lights on.
and i think about the possibility
of us humans
being the stars,
crafting realities that no one would ever know.
are they kissing in the 8th-floor light?
are the children watching tv late at night?
are they fighting for love
in the building behind?
or, are we meant for so much more?

no había estrellas en la ciudad

lo pensé la otra noche
mientras fumaba un cigarrillo y
escuchaba un poema que me dijiste, te gusta.
se que es triste, no ver estrellas en la ciudad,
pero miro hacia abajo
y veo las ventanas,
con sus lucecitas encendidas.
y pienso en la posibilidad
de que nosotros los humanos
seamos las estrellas,
creando realidades que nadie jamás conocerá
¿se besan en la luz del octavo piso?
¿los niños miran la televisión tarde en la noche?
¿están luchando por el amor
en el edificio detrás?
o, ¿estamos hechos para mucho más?

a girl in love with a constellation once wrote
(ii)

i can see the creation of the universe
when our eyes meet,
but in my world, people still judge by who you
love and how you feel.
and so, i write to the stars, each and every
night,
hoping that someday i can love you and you
can love me back.

the constellation blinked as if to say,
"don't worry, my love, we will find a way,
in the endless universe, where galaxies collide,
love is the only thing that truly abides."

una chica enamorada de una constelación
escribió una vez (ii)

puedo ver la creación del universo
cuando nuestros ojos se encuentran,
pero en mi mundo, la gente aún juzga
por quién amas y cómo te sientes.
así que escribo a las estrellas, todas y cada una
de las noches,
con la esperanza de que algún día pueda
amarte y tú puedas corresponderme.

la constelación parpadea como diciendo,
"no te preocupes, amor, encontraremos una
solución, en el universo sin fin, donde las
galaxias se unen, el amor es lo único que
realmente permanece."

i cannot deny it.
i'm a soft girl,
a lover,
a gentle soul,
soft as moonlight's glow
in the realm of love.

no puedo negarlo.
soy tierna,
la amante
un alma suave,
suave como el brillo de la luna
en el reino del amor.

soft girl, lover girl

i cannot deny it,
i am a soft girl at heart,
with tenderness
that blooms like a fragile flower,
and love that tears me apart.

i'm a soft lover,
like a gentle breeze caressing the soul,
my heart overflows with affection,
with every whispered word taking its toll.

i am a lover girl,
filled with passion and desire,
my heart dances to the melody of love,
a flame that will never expire.

no lo niego,
soy sensible de corazón,
con una ternura que no puedo ocultar,
y un amor que me desgarra.
soy apasionada,
entrego todo cuando quiero,
mi corazón se desborda de afecto,
con cada palabra susurrada con claridad.
sí, soy una *lover girl*,
y mi corazón late al ritmo del amor.

snowfall goodbye
(parting ways at winter break)

as i watched her silhouette fade from view,
the urge to run back, kiss her, plead,
but i surrendered to the hands of time,
for time, it slips, a fleeting rhyme.

i glimpsed the contours of her face,
a winter's whisper, this i know,
that time goes by, and i will survive,
in this frozen moment, we must let go.

perhaps what's needed in the night so cold,
is not another's love, as the story's told,
but for my heart, to love me back,
to fall in love with me, before growing old.

as we
            part   ways.

un adiós en invierno

cuando la vi alejarse
sentí el impulso de volver y besarla
me entregué a las manos del tiempo,
pues el tiempo se escurre en una rima fugaz.

vi el contorno de su rostro,
como un susurro de invierno, esto lo sé:
que el tiempo avanza y yo sobreviviré,
y que en este momento detenido en el tiempo,
debemos dejarlo ir.

tal vez, por ahora
no es el amor de otro lo que necesito,
como cuentan las historias,
sino que mi corazón me ame de vuelta,
antes de envejecer.

about the author

born and raised in the Dominican Republic, nils is a writer who draws upon her personal experiences to craft compelling and evocative poetry.

she discovers inspiration in the simple beauty of everyday life and remains dedicated to expanding her creative horizons. *"lover girl never falls in love"* delves into themes of love, loss, and resilience. the protagonist shares her journey through surviving an abusive relationship and discovering hope in its aftermath.

when she's not immersed in writing, nils indulges in creating mixed-media art. she possesses a passionate curiosity for a myriad of subjects, often expressing her humble opinions or enjoying a cup of coffee at your local starbucks. you can follow her on social media @nilsayohanny.

through her poetry, nils aspires to motivate readers to find the inner strength to conquer adversity and embrace their authentic selves. she remains committed to capture the essence of the human experience. however, as she's learned from ted lasso, life is indeed a "progmess."

sobre la autora

nacida en República Dominicana, nils es escritora que se inspira en sus experiencias para crear poesía cautivadora y evocadora. descubre inspiración en la simple belleza de la vida cotidiana y se mantiene dedicada a expandir sus horizontes creativos.

"lover girl never falls in love" explora temas de amor, pérdida y resiliencia. la protagonista comparte su travesía sobreviviendo a una relación abusiva y descubriendo la esperanza en su secuela.

cuando no está inmersa en la escritura, nils se dedica a crear mixed-media art. posee una curiosidad apasionada por una variedad de temas, a menudo expresando sus humildes opiniones o disfrutando de una taza de café en tu starbucks local. puedes seguirla en las redes sociales como @nilsayohanny.

a través de su poesía, nils aspira a motivar a los lectores a encontrar la fuerza interna para superar la adversidad y abrazar su auténtico ser. permanece comprometida en capturar la esencia de la experiencia humana. sin embargo, como ha aprendido de ted lasso, la vida es, un "progmess".

acknowledgments

to yessamine, for calling my poetry "cheesy." to flor, for reading this story first and making it her own, for our endless conversations and shared obsessions; fly, flor, fly high. to karolyn—with a 'k'—for editing this book as if it were her own, reading the story between the poems tirelessly, and always providing the support i needed at the right moment (and i'm not necessarily talking about the book). to lover girl, for never letting me be at peace, a constant sound in my head, stubborn but as real as words. to all my supporters/friends on instagram and in real life: oli, mariel, kathia, ruth, and to all those who might be miffed because i didn't include them here. to gene, because we all love gene. lastly, and in truth, less important, thanks to those who tried to break my heart and couldn't. thanks to the women who did break my heart and taught me.

p.s. thanks to the only man patient enough to listen to my poetry over and over: juan.

agradecimientos

a yessamine, por llamar 'cursi' a mi poesía. a flor, por leer esta historia primero y hacerla suya, por nuestras conversaciones interminables y obsesiones compartidas; vuela, flor, vuela alto. a karolyn, con k, por editar este libro como si fuera suyo, leer la historia entre los poemas hasta el cansancio y siempre darme el apoyo que necesité en el momento indicado (y no necesariamente estoy hablando del libro). a lover girl, por no dejarme tranquila siendo un sonido constante en mi cabeza; eres terca, pero tan real como las palabras. a todas mis apoyadoras/amigas de instagram y en la vida real: oli, mariel, kathia, ruth, y a todas las que se van a enojar porque no las incluí aquí. a gene, porque todas amamos a gene. finalmente, y en realidad, menos importante, gracias a quienes quisieron partirme el corazón y no pudieron. gracias a las mujeres que sí lograron partirme el corazón y me enseñaron.

pd. gracias al único hombre con paciencia suficiente para escuchar mis poemas una y otra vez: juan.

thank you playlist

for the music that heals us, the music that allows me to flow while still hearing the poems that the lover girl needed to write, the music that still allows me to hear the story and continue building it for the next book, i hope you enjoy it as much as i do.

playlist

por la música que nos cura, la música que me permite fluir sin dejar de escuchar los poemas que lover girl necesitaba escribir, por la música que aún me permite escuchar la historia y seguir construyéndola para el próximo libro. espero que la disfrutes tanto como yo.

interactive story

throughout the book, an intriguing mystery surrounds our protagonist, the "lover girl." she keeps us in the dark, even hiding her own name. but here's the twist: as the writer, i want to break down the barriers between the story and you, the reader. i want it to be an interactive journey. so here's the thing: your participation is crucial. answering any of these burning questions would not only make me happy but also make this experience truly unforgettable. let's connect because this story is about us and for us. are you in?

historia interactiva

a lo largo del libro, hay un misterio que rodea a nuestra protagonista "lover girl". ella nos oculta incluso su propio nombre. pero aquí está el giro: como escritora, quiero derribar las barreras entre la historia y tú. quiero que sea un viaje interactivo. tu participación es crucial. contestar cualquiera de estas preguntas no solo me haría feliz, sino que haría de esta experiencia algo verdaderamente inolvidable. conectemos, porque esta historia es sobre nosotros, para nosotros. ¿te animas?

reflective pages

i've intentionally left these pages blank for you to pour your thoughts and emotions into. take a moment to contemplate the poems that truly struck a chord with you during your reading journey. whether you choose to share your reflections privately in my dms or post them publicly with a mention to @nilsayohanny, your voice matters. your insights will add depth and meaning to our poetic conversation. let the power of your reflection amplify the beauty of these words. the stage is yours, so let your thoughts shine!

on the next pages, prepare to embark on a transformative journey of self-reflection with a collection of captivating questions.

reflective questions

1. which poem resonated with you the most? what emotions did it evoke, and why?

2. can you relate any of the poems to personal experiences or moments in your life? how do they connect?

3. did any specific lines or phrases stand out to you? what do they mean to you personally?

4. how do the poems in this collection make you see the world differently? have they challenged any of your beliefs or perspectives?

5. do you notice any recurring themes or motifs throughout the poems? what do you think the author is trying to convey through them?

6. if you could have a conversation with the author about their work, what questions would you ask? what would you want to learn or understand better?

7. how has reading these poems affected your own creativity? do they inspire you to write, create art, or express yourself in a different way?

8. can you envision any visual imagery or symbolic representations inspired by the poems? how would you interpret them visually?

9. which poem do you think would have the biggest impact on someone else reading it? why do you think it would resonate with them?

10. how do you see yourself incorporating the themes, emotions, or ideas from these poems into your own life moving forward?

páginas de reflexión

he dejado las siguientes páginas en blanco para que escribas tus pensamientos y emociones. tómate un momento para reflexionar sobre los poemas que realmente te conmovieron durante tu travesía de lectura. ya sea que elijas compartir tus reflexiones en privado en mis mensajes directos o publicarlas mencionando a @nilsayohanny, tu voz es importante. tus insights añadirán profundidad y significado a nuestra conversación poética. deja que el poder de tu reflexión amplifique la belleza de estas palabras. ¡el escenario es tuyo!

en las próximas páginas, prepárate para emprender un viaje transformador de autorreflexión con diferentes preguntas.

preguntas de reflexión

1. ¿qué poema te resonó más? ¿qué emociones te evocó y por qué?

2. ¿puedes relacionar alguno de los poemas con experiencias personales o momentos de tu vida? ¿cómo se conectan?

3. ¿hubo alguna línea o frase en particular que te llamó la atención? ¿qué significan para ti personalmente?

4. ¿cómo te hacen ver el mundo de manera diferente los poemas de esta colección? ¿han desafiado alguna de tus creencias o perspectivas?

5. ¿notas algún tema o motivo recurrente a lo largo de los poemas? ¿qué crees que la autora intenta transmitir a través de ellos?

6. si pudieras tener una conversación con la autora sobre su obra, ¿qué preguntas le harías? ¿qué te gustaría aprender o entender mejor?

7. ¿cómo ha afectado la lectura de estos poemas a tu propia creatividad? ¿te inspiran a escribir, crear arte o expresarte de una manera diferente?

8. ¿puedes imaginar alguna imagen visual o representaciones simbólicas inspiradas en los poemas? ¿cómo las interpretarías visualmente?

9. ¿qué poema crees que tendría un mayor impacto en alguien más que lo leyera? ¿por qué crees que resonaría con esa persona?

10. ¿cómo te ves incorporando los temas, emociones o ideas de estos poemas en tu propia vida a partir de ahora?

lover girl never falls in love

lover girl never falls in love

lover girl never falls in love

lover girl never falls in love

I LOVE TO BE LOVED lover girl

Made in the USA
Middletown, DE
30 October 2023

41574401R00110